李長吉歌詩

〔唐〕李賀 撰 〔宋〕劉辰翁 注

拾瑶叢書

文物出版社

圖書在版編目（CIP）數據

李長吉歌詩 / (唐) 李賀撰 ; (宋) 劉辰翁注. --
北京 : 文物出版社, 2020.7
（拾瑶叢書 / 鄧占平主編）
ISBN 978-7-5010-6434-2

Ⅰ. ①李… Ⅱ. ①李… ②劉… Ⅲ. ①唐詩 – 詩集
Ⅳ. ①I222.742

中國版本圖書館CIP數據核字(2019)第274519號

李長吉歌詩〔唐〕李賀 撰 〔宋〕劉辰翁 注

主　　編：鄧占平
策　　劃：尚論聰　楊麗麗
責任編輯：李縉雲　李子裔
責任印製：蘇　林

出版發行：文物出版社有限公司
社　　址：北京市東直門内北小街2號樓
郵　　編：100007
網　　址：http://www.wenwu.com
郵　　箱：web@wenwu.com
經　　銷：新華書店
印　　刷：藝堂印刷（天津）有限公司
開　　本：710mm × 1000mm　1/16
印　　張：13.25
版　　次：2020年7月第1版
印　　次：2020年7月第1次印刷
書　　號：ISBN 978-7-5010-6434-2
定　　價：90.00圓

前言

《李長吉歌詩》四卷，附詩外集一卷，唐李賀撰，宋劉辰翁評，明末凌濛初刊閔氏朱墨套印本。半頁八行十九字，白口，左右雙邊。

李賀（約七九〇—約八一六），字長吉，河南福昌（今河南洛陽宜陽）人，唐宗室，因家居福昌昌谷，後世又稱李昌谷。七歲能辭章，『纖瘦通眉，長指爪，能疾書。每旦日出，騎弱馬，從小奚奴，背古錦囊，遇所得，書投囊中』，其母稱『是兒當要嘔出心乃已耳』，其焦思苦吟若此。『以父名晋肅，不肯舉進士』。詩風奇詭驚邁，絶去翰墨畦逕，當時無能效者，有『詩鬼』之稱。

此書前有杜牧於李賀去世十五年後所撰《李長吉詩叙》，首个筒頁缺，叙太和五年（八三一）沈子明携李賀生前托付給他四卷二百三十三首詩歌請杜牧作序之事，并極贊李賀之詩，此序收入《樊川集》。又有李商隱撰《李長吉小傳》，再有宋祁撰《李長吉本傳》，文字大致同《新唐書》本傳。

本书前四卷共收録詩歌二百一十九首，各卷前有本卷目録。卷一五十八首，卷二五十五首，其中《老夫采玉歌》不見於卷二目録，卷三五十六首，卷四五十首。卷端題名『李長吉歌詩卷之某』，二、三列低九字題『唐隴西李賀撰』『宋廬陵劉辰翁評』。版心上鎸『李長吉卷某』，下鎸頁數，目録部分有界行，其餘無界行。卷二第十七筒頁爲抄配，且『其五』誤作『其四』，卷三目録首頁有修補。書後有《李長吉詩跋》，落款『吴興凌濛初識 侄毓枏校』。又有外集一卷，題『李長吉外詩集』，收録詩歌二十二首，目録末尾有墨筆書『南園集録目』，第八筒頁有修補，第九筒頁爲抄配，抄補部分與卷二第十七筒頁字體相同。

是書底本爲明末凌濛初刊閔氏朱墨套印本。正文部分爲黑色大字，夾行小字及圈點爲朱色套印，天頭刊有劉辰翁評，亦爲朱色套印。大字爲窄而长的仿宋楷體，評注爲手寫體，刻版整嚴，刷印精美，朱墨燦然。凌濛初（一五八〇—一六四四），字元房，號初成，湖州府烏程縣晟舍（今浙江湖州吴興）人，不入仕宦，交游頗廣，專意小説戲曲及版刻印刷，崇禎中始以副貢選授上海丞，署海防事，甲申之役時守城而亡。套印評點本的出版始於與凌氏同鄉的另一位刻書家閔齊伋，故又稱『閔本』或『閔版』。套印本的大量刊刻出版以明萬曆至崇禎年間吴興凌氏、閔氏爲最盛，内容遍及經史子集，所印書籍達百餘種。凌、閔兩家世爲姻親，在刻書方面既合作又競爭，如閔元京與凌義渠合作刻印《湘烟録》、閔繩初與凌雲合刻《文心雕龍》等。

凌氏套印本不僅刻印上佳、紙墨俱善，底本選擇也頗爲審慎。歷代評注李賀詩集者有十餘家，現存最早的有宋吴正子箋注、劉辰翁評點元刻本《唐李長吉歌詩》四卷，明代有徐渭、董懋策、曾益、余光、姚佺等人注，清代又有姚文燮、方扶南、王琦、黄淳耀、陳本禮等人注。劉辰翁（一二三三—一二九七），字會孟，號須溪。廬陵灌溪（今江西吉安）人，理宗景定三年（一二六二）進士，耿介有風節，文章亦見重於世，又擅評論詩文，意取尖新，頗有意趣。劉辰翁所注李賀詩，語簡意切，别出機杼，凌濛初在書後跋文中引李東陽言稱『諸人評詩者皆不及』。

作爲明中後期文學評點之風盛行以及私人刻書業極大發展、版刻印刷技術成熟相結合的産物，此書具有較大的文獻和版本價值。中國國家圖書館、上海圖書館、臺灣中央圖書館等多處亦有收藏。

中國國家圖書館　王俊雙

二〇一九年十二月

樊川反覆稱道形容非不極至獨惜理不及騷不知賀所長正在理外如惠施

慢我。牧因不敢復辭。勉爲賀敘。然其甚慚。唐皇諸孫賀。字長吉。元和中韓吏部亦頗道其歌詩。雲煙綿聯。不足爲其態也。水之迢迢。不足爲其情也。春之盎盎。不足爲其和也。秋之明潔。不足爲其格也。風檣陣馬。不足爲其勇也。瓦棺篆鼎。不足爲其古也。時花美女。不足爲其色也。荒國陊殿。梗莽丘隴。不足爲其恨怨悲愁也。鯨呿鼇擲。牛鬼蛇神。不足爲其虛荒誕幻也。蓋騷之苗裔。理雖不及。辭或過

堅白特以不通人情而聽者惑焉是為排若眼前語衆人意則不待長吉能之此長吉所以自成一家歟

之。騷有感怨刺懟。言及君臣理亂。時有以激發人意。乃賀所為。無得有是。賀復探尋前事。所以深歎恨古今未嘗經道者。如金銅仙人辭漢歌。補梁庚肩吾宮體謠。求取情狀離絕遠去筆墨畦逕間。亦殊不能知之。賀生二十七年死矣。世皆曰使賀且未死。少加以理。奴僕命騷可也。賀死後凡十有五年。京兆杜牧為其敘。

李長吉小傳

李商隱

京兆杜牧爲李長吉集敘。狀長吉之奇甚盡。世傳之長吉姊嫁王氏者。語長吉之事尤備。長吉細瘦。通眉。長指爪。能苦吟疾書。最先爲昌黎韓愈所知。所與游者。王恭元楊敬之權璩崔植之爲密。每旦日出與諸公游。未嘗得題。然後爲詩。如他人思量牽合。以及程限爲意。恒從小奚奴。騎距驢。背一古破錦囊。遇有所得。即書投囊中。及暮歸。太夫人使婢受囊出之。見所書多。輒曰。是兒要當嘔出心乃巳爾。上燈與食。長吉從婢取書。研墨疊紙足成之。投他囊中。非大醉及弔喪日。率如此。過亦不復省。王楊輩時復來探取寫去。長吉往往獨騎往還京雒。所至或時有著。隨棄之。故沈子明家所餘四卷而已。長吉將死時。忽晝見一緋衣。駕赤虬。持一版書。若大古篆。或霹靂石文者。云當召長吉。長吉了不能讀欲下榻叩頭言阿彌老且病賀不願去緋衣人笑曰帝成白玉樓立召君爲記天上差樂不苦也長吉獨泣邊人盡見之少之長吉氣絶常所居牕中勃勃有煙氣聞行車嘒管之聲太夫人急止人哭待之如炊五斗黍許時長吉竟死王氏姊非能造作謂長吉者實所見如此嗚呼天蒼蒼而高也上果有帝邪帝果有苑圃宮室觀閣之玩邪苟信然則天之高邈帝之尊嚴亦宜有人物文采

愈此世者。何獨番番於長吉。而使其不壽邪。噫。又豈世所謂才而奇者。不獨地上少邪。天上亦不多邪。長吉生時二十四年。位不過奉禮太常。中人亦多排擯毀斥之。又豈才而奇者。帝獨重之。而人反不重邪。又豈人見會勝帝邪。

李長吉本傳

宋　祁

李賀字長吉系出鄭王後七歲能辭章韓愈皇甫湜始聞未信過其家使賀賦詩援筆輒就如素構自目曰高軒過二人大驚自是有名爲人纖瘦通眉長指爪能疾書每旦日出騎弱馬從小奚奴背一古錦囊遇所得書投囊中未始先立題然後爲詩如他人牽合程課者及暮歸足成之非大醉弔

喪曰。幸如此過。亦不甚省。母使婢探囊中。見所書多。即怒曰。是兒要當嘔出心乃已耳。以父名晉肅。不肯舉進士。愈爲作諱辯。然卒亦不就舉。辭尚奇詭。所得皆驚邁。絕去翰墨畦逕。當時無能效者。樂府數十篇。雲韶諸工皆合之絃管。爲協律郎。卒年二十七。與游者權璩楊敬之王恭元。每譔著。時爲所取去。賀亦早世。故其詩歌世傳者鮮焉。

李長吉歌詩目錄卷之一

天上謠
浩歌
秋來
帝子歌
秦王飲酒
洛姝真珠
李夫人
走馬引

湘妃
南園十三首

李長吉歌詩目錄卷之一 終

狀景如画自其所長箜篌聲研有之崑山玉頗無謂下七字妙語非王篇不足以當石破天驚過于遠泿遏雲之上至

李長吉歌詩卷之一

唐　隴西李　賀　撰

宋　盧陵劉辰翁　評

李憑箜篌引

吳絲蜀桐張高秋。空山凝雲頹不流。江娥啼竹素女愁。李憑中國彈箜篌。崑山玉碎鳳凰叫。芙蓉泣露香蘭笑。十二門前融冷光。二十三絲動紫皇。女媧鍊石補天處。石破天驚逗秋雨。其形容偏得于此而於箜篌爲。夢入神山教神

教神嫗怨入鬼語吴質嬾態月露無情

不過寫蚕事將了困人天氣不曉沉琥珀何謂末獨賦榆錢著沈郎九劳

（近）嫗老魚跳波瘦蛟舞吴質不眠倚桂樹露脚斜飛濕寒兔

殘絲曲

垂楊葉老鶯哺兒殘絲欲斷黃蜂歸綠鬢年少金釵客縹粉壺中沈琥珀花臺欲暮春辭去（自然好）落花起作迴風舞榆莢相催不知數沈郎青錢夾城路

還自會稽歌 并序

庚肩吾於梁時嘗作宮體謡引以應和皇

椒壁而為野
彩則已穢褻
上而有濕螢
則無殿而守
耳

只是古劍

子及國世淪敗。肩吾先潛難會稽。後始還家。僕意其必有遺文。今無得焉。故作還自會稽歌。以補其悲。

野粉椒壁黃。（一作欲）濕螢滿梁殿。臺城應教人。秋衾夢銅輦。吳霜點歸鬢。身與塘蒲晚。脉脉辭金魚。羇臣守迍賤。

此擬庾肩吾歸自會稽之作安得不述梁亡之悲其沉鬱憔悴在末言秋衾銅輦之夢而庾自見始賦外賦也塘蒲之嘆融入秋晚結語却如此極是

出城寄權璩楊敬之

草暖雲昏萬里春。宮花拂面送行人。自言漢劍當

亦是恨意濃
嬾如老人靜

詠竹出此故奇

飛去何事還車載病身。

示弟

別弟三年後，還家一日餘。醁醽今夕酒，惆悵去時書。病骨猶（一作獨）能在，人間底事無。何須問牛馬，拋擲任梟盧。

竹

入水文光動，抽空綠影春。露華生筍（一作蹊）逕，苔色拂霜根。織可承香汗，裁堪釣錦鱗。三梁曾入用，一節奉

第一句是

王孫

同沈駙馬賦得御溝水

入苑白泱泱宮人（似不相涉）正靨黃遶堤龍骨冷拂岸鴨頭香別館驚殘夢停杯泛小觴幸因流浪處暫得見何郎

始爲奉禮憶昌谷山居

掃斷馬蹄痕衙迴自閉門長鎗江米熟小樹棗花春向壁懸如意當簾閱角巾犬書曾去洛鶴病悔

各有幽趣

也語之淺

遊秦。土甑封茶葉山杯鎖竹根。不知船上月。誰棹滿溪雲

七夕

別浦今朝暗。羅帷午夜愁。鵲辭穿線月花入曝衣樓。天上分金鏡。人間望玉鉤錢塘蘇小小。更值一年秋

過華清宮

春月夜啼鴉。宮簾隔御花。雲生朱絡暗。石斷紫錢

似卒蜀稱蜀王

斜玉椀盛殘露。銀燈點舊紗。蜀王無近信。泉上有芹芽。

送沈亞之歌 并敘

文人沈亞之。元和七年。以書不中第。返歸于吳江。吾悲其行。無錢酒以勞。又感沈之勤請。乃歌一解以勞之。

吳興才人怨春風。桃華滿陌千里紅。紫絲竹斷驄馬小家住錢塘東。復東。白藤交穿織書笈。短策齊裁如梵夾。雄光寶礦獻春卿。煙底驀波乘一葉春卿拾材白日下。擲置黃金解籠馬。攜笈歸江重入門。勞勞誰是憐君者。吾聞壯夫重心骨。古人三走無摧捽。請君待旦事長鞭。他日還轅及秋律。

詠懷二首

長卿懷茂陵。綠草垂石井。彈琴看文君。春風吹鬢影。梁王與武帝。棄之如斷梗。惟留一簡書。金泥泰山頂。

就用柳惲句意頗跌宕景語亦近自然

其二

日夕著書罷。驚霜落素絲。鏡中聊自笑。詎是南山期。頭上無幅巾。苦蘗已染衣。不見清溪魚。飲水得自宜。

追和柳惲

汀洲白蘋草。柳惲乘馬歸。江頭樝樹香。岸上胡蝶飛。酒杯箬葉露。玉軫蜀桐虛。朱樓通水陌。沙暖一雙魚。甚不草草

閒閒遠遠漸漸近

雖刻畫點綴裝容而縱橫刲意甚嚴劍身劍室紋理刻字束帶色雜無一疊犯仍不妨句意春容俯仰秋郊語甚奇不敢再言

此貴公子夜闌曲也以玉帶爲冷其怯可見也此語不以可解而得之心自洒

春坊正字劍子歌

先輩匣中三尺水。曾入吳潭斬龍子。隙月斜明刮露寒。練帶平鋪吹不起。蛟胎皮老蒺藜刺。鸊鵜淬花白鷴尾。直是荊軻一片心。莫教照見春坊字。挼絲團金懸麗䍡。神光欲截藍田玉。提出西方白帝驚。嗷嗷鬼母秋郊哭。

貴公子夜闌曲

裊裊沉水煙。烏啼夜闌景。曲沼芙蓉波。腰圍白玉

然迹似亦其偏
得之形容夜色
小

起語奇賦雁門
着紫土本燃後
三語燕甚生氣
設為死敵之意
偏欲如此頗似
敗後之作

冷

雁門太守行

黑雲壓城城欲摧甲光向日金鱗開角聲滿天秋色裏塞土燕脂凝夜紫半卷紅旗臨易水霜重鼓寒聲不起報君黃金臺上意提携玉龍為君死

有此一語方惕

此等景不可無

大堤曲

妾家住橫塘紅紗滿桂香青雲教綰頭上髻明月與作耳邊璫蓮風起江畔春大堤上留北人郎食

盡言時景之不留而有頭見之思有微憾之意

作看渾未諭蜀國絃但覺別是一段情緒自不必語辭也絃之悲何以易此

參差苦澀無限慘黯若飛同心語亦不為到家此種

鯉魚尾（自状癡騃），妾食猩猩脣。莫指襄陽道，綠浦歸帆少。今日菖蒲花，明朝楓樹老。

蜀國絃

楓香晚花靜，錦水南山影。驚石墜猿哀，竹雲愁半嶺。涼月生秋浦，玉沙粼粼光。誰家紅淚客，不忍過瞿塘。

蘇小小墓

幽蘭露，如啼眼。（便泥墓中語）無物結同心，煙花不堪剪。（妙極自然）草如茵。

小小墓也妖豔閃鑠間意故不欲其近洛神賦耳

意近語超

其為仙人口語亦不甚費力使盡如超語當自咲耳

松如蓋。風為裳。水為珮。油壁車。夕相待。冷翠燭。勞光彩。西陵下。風吹雨（一作風吹雨）

合全篇語無此慘澹盡情本于樂府而以近體變化之故奇詭不歇冷翠燭勞光彩似李夫人賦西陵語括山鬼更佳

夢天

老兔寒蟾泣天色。雲樓半開壁斜白。玉輪軋露濕團光。鸞珮相逢桂香陌。黃塵清水三山下。（即桑田木語）更變千年如走馬。遙望齊州九點煙。一泓海水杯中瀉。

唐兒歌（一作唐歌兒） 杜豳公之子

頭玉磽磽眉刷翠。杜郎生得真男子。骨重神寒天

豔語驚人

不必題事但一語如此誰不驚異稱奇々々

廟器。一雙瞳人剪秋水。竹馬梢梢搖綠尾。銀鸞睒光踏半臂。東家嬌娘求對值。濃笑畫空作唐字。眼大心雄知所以。莫忘作歌人姓李。

綠章封事 爲道士夜醮作

青霓扣額呼宮神。鴻龍玉狗開天門。石榴花發滿溪津。溪女洗花染白雲。綠章封事諮元父。六街馬蹄浩無主。虛空風氣不清冷。（鼓歎如此夜）短衣小冠作塵土。金家香衖千輪鳴。楊雄秋室無俗聲。願攜漢戟招書

若甚無味

楚辭調

似美人望春意

鬼休令恨骨填蒿里。

河南府試十二月樂詞 并閏月

正月

上樓迎春新春歸，暗黃着柳宮漏遲。薄薄淡靄弄野姿。寒綠幽風生短絲。錦床曉臥玉肌冷。露臉未開對朝暝。官街柳帶不堪折。早晚菖蒲勝綰結。

二月

飲酒採桑津。宜男草生蘭笑人。蒲如交劍風如薰。

亦好

本言別意苦入蒿里

皆非衆人所嘗識謂竹也

自是好句

勞勞胡鷰怨酣春。薇帳逗煙生綠塵。金翅峨髻愁暮雲。沓颯起舞眞珠裙。津頭送別唱流水。酒客背寒南山死。

三月

東方風來滿眼春、花城柳暗愁殺人。複宮深殿竹風起。新翠舞衿淨如水。光風轉蕙百餘里。暖霧驅雲撲天地。軍裝宮妓掃蛾淺。搖搖錦旗夾城暖。曲水飄香去不歸。梨花落盡成秋苑。

四月

曉涼暮涼樹如蓋，千山濃綠生雲外。依微香雨青氛氳。膩葉蟠花照曲門。金塘閑水搖碧漪，老景沉重無驚飛。墮紅殘萼暗參差。

五月

雕玉押簾額。輕縠籠虛門。井汲鉛華水。扇織鴛鴦紋。回雪舞涼殿。甘露洗空綠。羅袖從徊翔。香汗沾寶粟。

六月

裁生羅。伐湘竹。帔拂疎霜簟秋玉。炎炎紅鏡東方開。暈如車輪上徘徊。啾啾赤帝騎龍來。

七月

星依雲渚冷。露滴盤中圓。好花生木末。衰蕙愁空（一作[illegible]）園。夜天如玉砌。池葉極青錢。僅厭舞衫薄。稍知花簟寒。曉風何拂拂。北斗光闌干。

八月

孀妾怨夜長。獨客夢歸家。傍簷蟲緝絲。向壁燈垂花。簾外月光吐。簾內樹影斜。悠悠飛露姿。點綴池中荷。

九月

離宮散螢天似水。竹黃池冷芙蓉死。月綴金鋪光脈脈。涼苑虛庭空澹白。露花飛飛風草草。翠錦斕斑滿層道。雞人罷唱曉瓏璁。鴉啼金井下疎桐。

十月

凜嚴光不成話

玉壺銀箭稍難傾，釭花夜笑凝幽明。碎霜斜舞上羅幕，燭龍兩行照飛閣。珠帷怨臥不成眠，金鳳刺衣着體寒，長眉對月鬬彎環。

十一月

宮城團迴凜嚴光，白天碎碎墮瓊芳。撾鍾高飲千日酒，（一作却天）戰却凝寒作君壽。御溝泉合如環素，火井溫泉在何處。

十二月

渾渾語奇
天河銀浦似

日腳淡光紅灑灑。薄霜不銷桂枝下。依稀和氣排冬嚴。已就長日辭長夜。

閏月

帝重光年重時。七十二候迴環推。天官玉琯（一作管）灰剩飛。今歲何長來歲遲。王母移桃獻天子。羲氏和氏迂龍轡。

天上謠

天河夜轉漂迴星。銀浦流雲學水聲。玉宮桂樹花

重複長吉此
類亦多要爲
疎雋不同與
耳從詩中多
有此例

從南風起一
句便不可及
迭蕩宛轉沉
着起伏頓挫
少年之度忽
頓美人情境

未落仙妾採香垂珮纓秦妃卷簾北牕曉牕前植
桐青鳳小王子吹笙鵝管長呼龍耕煙種瑶草粉
霞紅綬藕絲裙青洲步拾蘭苕春東指羲和能走
馬海塵新生石山下

浩歌

南風吹山作平地帝遣天吳移海水王母桃花千
徧紅彭祖巫咸幾回死青毛驄馬參差錢嬌春楊
柳含細煙箏人勸我金屈巵神血未凝身問誰不

俱至妙處不必可解

非長吉自悅耶

只秋夜讀書自弔其苦何其險語至此然無一字不合

須浪飲丁都護世上英雄本無主買絲繡作平原君有酒惟澆趙州土漏催水咽玉蟾蜍衛娘髮薄不勝梳看見秋眉換新綠二十男兒那刺促

秋來

桐風驚心壯士苦衰燈絡緯啼寒素誰看青簡一編書不遣花蟲粉空蠹思牽今夜腸應直雨冷香魂弔書客秋墳鬼唱鮑家詩恨血千年土中碧

帝子歌

徒別詭而無情

洞庭帝子一千里。涼風鴈啼天在水。九節菖蒲石上死。湘神彈琴迎帝子。山頭老桂吹古香。雌龍怨吟寒水光。沙浦走魚白石郎。閑取眞珠擲龍堂。

秦王飲酒

秦王騎虎遊八極。劍光照空天自碧。羲和敲日玻瓈聲。劫灰飛盡古今平。龍頭瀉酒邀酒星。金槽琵琶夜棖棖。洞庭雨脚來吹笙。酒酣喝月使倒行。銀雲櫛櫛瑶殿明。宮門掌事報一更。花樓玉鳳聲嬌

任言酒當而有其理

雜詩

獰。海綃紅文香淺清。黃鵝跌舞千年觥。仙人燭樹蠟煙輕。清琴醉眼淚泓泓。

洛姝眞珠

眞珠小娘下清廓。洛苑香風飛綽綽。寒鬢斜釵玉鷰光。高樓唱月敲懸璫。蘭風桂露灑幽翠。紅弦裊雲咽深思。花袍白馬不歸來。濃娥疊柳香脣醉。金娥屏風蜀山夢。鸞裾鳳帶行煙重。八驄籠晃臉差移。日絲繁散曛羅洞。市南曲陌無秋涼。楚腰衛鬢

至淺語亦獨步

又似才太逼

四時芳。玉喉窱窱排空光。牽雲曳雪留陸郎。

李夫人

紫皇宮殿重重開。夫人飛入瓊瑤臺。綠香繡帳何時歇。青雲無光宮水咽。翩聯桂花墜秋月。孤鸞驚啼商絲發。紅壁闌珊懸佩璫。歌臺小妓一作拍遙相望。玉蟾滴水雞人唱。露華蘭葉參差光。

走馬引

我有辭鄉劍。玉鋒堪截雲。襄陽一作長安走馬客一作少意氣自生春朝嫌劒花淨。暮嫌劒光冷。能持劒向人。不解持（一作衛）照身。

湘妃

筠竹千年老不死。長伴秦娥蓋湘水。蠻娘吟弄滿寒空。九山靜綠淚花紅。離鸞別鳳煙梧中。巫雲蜀雨遙相通。幽愁秋氣上青楓。涼夜波間吟古龍。

南園十三首

其一

花枝草蔓眼中開小白長紅越女腮。可憐日暮嫣香落。嫁與春風不用媒。

其二

宫北田塍曉氣酣。黄桑飲露窣宫簾。長腰健婦偷攀折。將餧吳王八繭蠶。

其三

竹裏繰絲挑網車。青蟬獨噪日光斜。桃膠迎夏香琥珀。自課越傭能種瓜。

絕妙起句

其用事類此

亦自滑也

其四

三十未有二十餘。白日長飢小甲蔬。橋頭長老相哀念。因遺戎韜一卷書。

其五

男兒何不帶吳鉤。收取關山五十州。請君暫上凌煙閣。若個書生萬戶侯。

其六

尋章摘句老雕蟲。曉月當簾挂玉弓。不見年年遼

耿ゝ可念其詞其事典切皆妙

亦自鮮灑眼前語無若入手自別

海上文章何處哭秋風。

其七

長卿牢落悲空舍。曼倩詼諧取自容。見買若耶溪水劒明朝歸去事猿公。

其八

春水初生乳燕飛。黄蜂小尾撲花歸。牎含遠色通書幌。魚擁香鈎近石磯。

其九

豈即尊耶

泉沙耎臥鴛鴦暖。曲岸迴篙舴艋遲。瀉酒木欄椒葉蓋。病容扶起種菱絲。

其十

邊壤（一作讓）今朝憶蔡邕。無心裁曲臥春風。舍南有竹堪書字。老去溪頭作釣翁。

其十一

長巒谷口倚稀家。白晝千峯老翠華。自履藤鞋收石蜜。手牽苔絮長蒓花。

其十二

松溪黑水新龍卵。桂洞生硝舊馬牙。誰遣虞卿裁道帔。輕綃一匹染朝霞。

其十三

小樹開朝逕。長茸濕夜煙。柳花驚雪浦。麥雨漲溪田。古刹疎鍾度。遥嵐破月懸。沙頭敲石火。燒竹照漁船。

李長吉歌詩卷之一 終

李長吉歌詩目錄卷之二

黄家洞

屏風曲

南山田中行

貴主征行樂

酒罷張大徹索贈詩

羅浮山人與葛篇

仁和里雜敘皇甫湜

宫娃歌

李長吉歌詩目錄卷之二終

李長吉歌詩卷之二

唐　隴西李　賀　撰

宋　廬陵劉辰翁　評

金銅仙人辭漢歌 并序

魏明帝青龍元年八月詔。宮官牽車西。取漢孝武捧露盤仙人欲。立置前殿。宮官既折盤仙人臨載乃。潸然淚下。唐諸王孫李長吉。遂作金銅仙人辭漢歌。

此意思非長吉不能賦古今無此神妙奇事奇語不在言讀至三十六宮土花碧令人淚墮已信末後三句可為斷腸後來作者無此沉着亦不忍極言其妙

茂陵劉郎秋風客夜聞馬嘶曉無跡畫欄桂樹懸秋香三十六宮土花碧魏官牽車指千里東關酸風射眸子空將漢月出宮門憶君清淚如鉛水衰蘭送客咸陽道天若有情天亦老攜盤獨出月荒涼渭城已遠波聲小神凝意黯不覺銅仙能言

古悠悠行

白景歸西山碧華上迢迢今古何處盡千歲隨風飄海沙變成石魚沫吹秦橋空光遠流淚銅柱一作桂從

不當混而滿眼前易曉不得若思

年消

黃頭郎

黃頭郎。撈攏去不歸。南浦芙蓉影。愁紅獨自垂水弄湘娥珮。竹啼山露月。玉瑟調青門。石雲濕黃葛。沙上蘼蕪花。秋風已先發。好持一作待掃羅薦。香出鴛鴦一作雞熱。

馬詩二十三首

其一

無一首不好
且無俗料

賦馬多矣此獨取必不經人道者

龍脊帖連錢
銀蹄白踏煙
無人織錦韂
誰爲鑄金鞭

其二

臘月草根甜
天街雪似鹽
未知口硬軟
先擬蒺藜銜

其三

忽憶周天子
驅車上玉山
鳴騶辭鳳苑
赤驥最承恩

奇

未得便是賦意結來亦俊

其四

此馬非凡馬，房星本是星。向前敲瘦骨，猶自帶銅聲。

其五

大漠山如雪，燕山月似鉤。何當金絡腦，快走踏清秋。

其六

飢臥骨查牙，麤毛刺破花。鬣焦朱色落，髮斷鋸長

亦有風致

有風刺亦是峭異

麻。

其七

西毋酒將闌。東王飯已乾。君王、若、燕去、誰、爲、拽、車、轅。

其八

赤兎無人用。當須呂布騎。吾闘果下馬羈、策任、蠻、兒。

其九

別引龍事慷慨怨直是怨

飂、叔、去、怱、怱、如、今、不、豢、龍、夜、來。霜。壓。棧。駿。骨。折。西。風。

悲甚此語不可復讀不不苦澁

其十

催榜渡烏江。神、騅、泣、向、風、君。王、今、解、劍、何、處、逐、英、雄、

午時下得若猶簡兮日中也午字〻警午時着何故

其十一

內馬賜宮人。銀韉刺騏驎。午、時、鹽坂上蹭、蹬、溘、風、塵、

語意皆到有風致

其十二

批竹初攢耳，桃花未上身。他時須攪陣，牽去借將軍。

俗語一双獃奇怪說夢

其十三

寶玦誰家子，長聞俠骨香。堆金買駿骨，將送楚襄王。

正言似反無限凄怨、乃不及此

其十四

香襆赭羅新，盤龍蹙鐙鱗。廻看南陌上，誰道不逢

却是痛快

語不碌邀甚言其遇是諸孫語

春。

其十五

不從桓公獵何能伏虎威一朝溝隴出看取拂雲飛。

其十六

唐劍斬隋公拳毛屬太宗莫嫌金甲重且去捉飆風。

其十七

有風刺

架紫耍有處態

又怪

凌劣可喜

白鐵剗青禾礎間落細莎。世人憐小頸。金埒畏長牙。

亦非俗判

其十八

伯樂向前看旋毛在腹間。祇今掊白草。何日驀青山。

其十九

蕭寺馱經馬。元從竺國來。空知有善相。不解走章臺。

其二十

重圍如燕尾。寶劍似魚腸。欲求千里脚。先采眼中光。

其二十一

暫繫騰黃馬。仙人上綵樓。須鞭玉勒吏。何事謫高州。

其二十二

汗血到王家。隨鸞撼玉珂。少君騎海上。人見是青

妙。此是鄙景純漢武非仙才意

騾。

其二十三

武帝愛神仙。燒金得紫煙。廐中皆肉馬。不解上青天。

申胡子觱篥歌 并敘

申胡子。朔客之蒼頭也。朔客李氏。本亦世家子。得祀江夏王廟。當年踐履失序。送奉官北郡。自稱學長調短調。久未知名。今年四月吾與對舍於長安崇義里遂將衣質酒命予合飲氣熱杯闌因謂吾曰李長吉爾徒能長調不能作五字歌詩直強迴筆端與陶謝詩勢相遠幾里吾對後請撰申胡子觱篥歌以五字斷句歌成左右人合譟相唱朔客大喜擎觴起立命花娘出幕徘徊拜客吾問所宜稱善平弄於是以弊辭配聲與予爲壽

宋意造語欲過古人

其長復出二謝同喜

顏熱感君酒含嚼蘆中聲花娘篘綏妥休睊芙蓉屏誰截太平管列點排空星直（管中奇淸）貫開花風天上驅雲行今夕歲華落令人惜平生心事（標善自道）如波濤中坐時時驚朔客騎白馬劍弝懸蘭纓俊健如生猱肯拾蓬中螢

老夫採玉歌

採玉採玉須水碧琢作步搖徒好色老夫飢寒龍爲愁藍溪水氣無清白夜雨岡頭食蓁子杜鵑口

挂長繩懸身下採溪水其索意之苦在思念其子豈特食蓁而已

略畫旅況

血老夫淚藍溪之水猒生人身死千年恨溪水斜山栢風雨如嘯泉脚挂繩青裊裊村寒白屋念嬌嬰古臺石磴懸腸草腸草不必專名斷腸之類以其念子視此懸磴之草如斷腸然若甚

傷心行

咽咽學楚吟病骨傷幽素秋姿白髮生木葉啼風雨燈青蘭膏歇落照飛娥舞古壁生凝塵羈魂夢中語

湖中曲

起一句盡寄
書備曉諳自
清緣

長眉越沙採蘭若。桂葉水葓（一作葒）春漠漠。橫船醉眠白晝閑（好）。渡口梅風歌扇薄。燕釵玉股（一作服）照青渠。越王嬌郎（一作○娘）小字書。蜀紙封巾報雲鬟。晚漏壺（一作銅壺）中水淋盡。

黃家洞

雀步蹙沙聲促促。四尺角弓青石鏃。黑幡三點銅鼓鳴。高作猿啼搖箭箙。綵巾纏踍幅半斜。溪頭簇隊映葛花。山潭晚霧吟白鼉。竹蛇飛蠹射金沙。閑驅竹馬緩歸家。官軍自殺容州槎。

好

孱造語不當其苦

翻漆燈又別

屏風曲

蝶棲石竹銀交關。水凝綠鴨瑠璃錢。團迴六曲抱膏蘭。將鬟鏡上擲金蟬。沈香火暖茱萸煙。酒觥綰帶新承歡。月風吹露屏外寒。城上烏啼楚女眠。

南山田中行

秋野明。秋風白。塘水漻漻蟲嘖嘖。雲根苔蘚山上石。冷紅泣露嬌啼色。荒畦九月稻叉牙。蟄螢低飛隴逕斜。石脈水流泉滴沙。鬼燈如漆點松花。

李意至此習氣盡見此人閒常事猥態何以能言

貴主征行樂

奚騎黃銅連鎖甲。羅旗香榦金畫葉。中軍留醉河陽城。嬌嘶紫燕踏花行。春營騎將如紅玉。走馬捎鞭上空綠。女垣素月角咿咿。牙帳未開分錦衣。

酒罷張大徹索贈詩時張初効潞幕

長鬣張郎三十八。天遣裁詩花作骨。往還誰是龍頭人。公主遣秉魚鬚笏。（一作太）水行青草上白衫。匣中章奏密如蠶。金門石閣知卿有。豸角雞香早晚含。

賀雖苦語情固不淺又極明快譴媸

西長吉摧頹客。酒闌感覺中區窄。葛衣斷碎趙城秋。吟詩一夜東方白。（一作父）

羅浮山人與葛篇

依依（妙處殆不可解）宜織江雨空。雨中六月蘭臺風。博羅老仙時出洞。千歲石牀啼鬼工。蛇毒濃凝洞堂濕。江魚不食銜沙立。欲剪箱（一作洞）中一尺天。吳娥莫道吳刀澁。

仁和里雜敍皇甫湜 湜新尉陸渾

大人乞馬癯乃寒。宗人貸宅荒厥垣。横庭鼠逕空

土溼。出籬大棗垂珠殘。安定美人截黃綬。脫落纓
裾瞑朝酒。還家白筆未上頭。使我清聲落人後。枉
辱稱知犯君眼。排引纔陞強（一作堅）絙斷。洛風送馬入長
關。闔扇未開逢猰犬。那知堅（一作姿）都相草草。客枕幽單
看春老。歸來骨薄面無膏。疫氣衝頭鬢莖少。欲雕
小說干天官。宗孫不調爲誰憐。明朝下元復西道。
崆峒敘別長如天。

宮娃歌

衰怨竭盡

靡語猶可及凝情難自道也

蠟光高懸照紗空。花房夜擣紅守宮。象口吹香毾㲪暖。七星挂城聞漏板。寒入罘罳殿影昏。彩鸞簾額着霜痕。啼蛄弔月鉤欄下。（兩語極提悃忭）屈膝銅鋪鎖阿甄。夢入家門上沙渚。天河落處長洲路。願君光明如太陽。放妾騎魚撇波去。（意到語盡無復餘併矣）

好

不知禩情幽入何許滑川令人愁

堂堂復堂堂者高明之總也然

堂堂

堂堂復堂堂。（一作紅熟海梅香）紅脫梅灰香。十年粉蠹生畫梁。饑蟲不食推碎黃。（一作□川）蕙花已老桃葉長。禁院懸簾隔御光。

語意險澁非久幽獨困滯之無聊未足以知此

華清源中礜石湯。徘徊白鳳隨君王。

勉愛行二首送小季之廬山

只是一雁

洛郊無俎豆。弊廐慙老馬。小鴈過鑪峯。影落楚水下。長船倚雲泊。石鏡秋涼夜。豈解有鄉情。弄月聊嗚啞。

其二

非深愛不能道此兄弟情

別柳當馬頭。官槐如兎目。欲將千里別。持我易斗粟。南雲北雲空脉斷。靈臺經絡懸春綫。青軒樹轉

語甚悲別亦爭

苦哉

語自不同讀之心嘔

四語好流動無涯

趣得浩蕩感激言外不可知真不得不

月滿牀下國飢兒夢中見維爾之昆二十餘年來持鏡頗有鬚辭家三載今如此索米王門一事無荒溝古水光如刀庭南拱柳生蠐螬江干幼客眞可念郊原晚吹悲號號

致酒行

零落棲遲一杯酒（好）主人奉觴客長壽（此語謂答）主父西遊困不歸家人折斷門前柳吾聞馬周昔作新豐客天荒地老無人識空將牋上兩行書直犯龍顏請恩

遷之酒者未轉悽慨令人起舞

非世間人世間語

起六句皆有古意春去之感挺月之悲皆極言秦王不可見之恨題曰長歌續短歌復以歌意味之

澤。我有迷魂招不得。雄雞一聲天下白。少年心事當拏雲。誰念幽寒坐嗚呃。（又入夢境）

長歌續短歌

長歌破衣襟。短歌斷白髮。秦王不可見。旦夕成內熱。渴飲壺中酒。飢拔隴頭粟。淒涼四月闌。千里一時綠。（好）夜峯何離離。明月落石底。徘徊沿石尋。照出高峯外。不得與之遊。歌成鬢先改。

公莫舞歌 并序

才子賦古但如日前至三看宝玦始喻本末自不待言抱天語奇俊俯仰甚稱事情復作項伯口語尤壯

公莫舞歌者。詠項伯翼蔽劉沛公也。會中壯士。灼灼於人。故無復書。且南北樂府。率有歌引。賀陋諸家。今重作公莫舞歌云。

方花古礎排九楹。刺豹淋血盛銀罌。華筵鼓吹無桐竹。（淡容）長刀直立割鳴箏。橫眉麤錦生紅緯。日炙錦嫣王未醉。（模倣在情景妙）腰下三看寶玦光。項莊掉箾欄前起。材官小臣公莫舞。座上真人赤龍子。芒碭雲瑞抱天迴。咸陽王氣清如水。鐵樞鐵楗重束關。大旗五丈

不必有其事亦與鬼謀

高甚

昌谷新笋寫得如此渺茫

妙語

撞雙鐶漢王今日頒秦印絕臏刳腸臣不論

昌谷北園新笋四首

其一

籜落長竿削玉開君看母笋是龍材（一作[illegible]）更容一夜抽千尺別却池園數寸泥

其二

斫取青光寫楚辭膩香春粉黑離離無情有恨何人見露壓煙啼千萬枝

封不爲侯

其三

家泉石眼兩三莖。曉看陰根紫陌生。今年水曲春沙上。笛管新篁拔玉青。

其四

古竹老梢惹碧雲。茂陵歸臥歎清貧。風吹千畝迎雨嘯。鳥重一枝入酒樽。

惱公

宋玉愁空斷。嬌饒粉自紅。歌聲春草露。門掩杏花叢。注口櫻桃小。添眉桂葉濃。曉奩粧秀靨。夜帳減香筒。鈿鏡飛孤鵲。江圖畫水葓。陂拖梳碧鳳。腰裊帶金蟲。杜若含清露。河蒲聚紫茸。月分娥黛破。花合靨朱融。髮重疑盤霧。腰輕乍倚風。密書題荳蔻。隱語笑芙蓉。莫鎖茱萸匣。休開翡翠籠。弄珠驚漢鷰。燒蜜引胡蜂。醉纈拋紅網。單羅挂綠蒙。數錢教姹女。買藥問巴賨。匀臉安斜鴈。移燈想夢熊。腸攢非束竹。弦（一作脈）急是張弓。晚樹迷新蝶。殘蜺憶斷虹。古

時塡渤澥今日鑿崆峒繡沓褰長幔羅裙結短封
心搖如舞鶴骨出似飛龍井檻淋清漆門鋪綴白
銅隈花開兎徑向壁印狐蹤玳瑁釘簾薄琉璃疊
扇烘象牀緣素栢瑶席卷香葱細管吟朝幌芳醪
落夜楓宜男生楚巷梔子發金墉龜甲開屏澀鵝
毛滲墨濃黃庭留衛瓘綠樹養韓馮雞唱星懸栁
鴉啼露滴桐黃娥初出座寵妹始相從蠟淚垂蘭
燼秋蕪掃綺櫳吹笙翻舊引沽酒待新豐短佩愁

塡粟。長弦怨削菘曲池眠乳鴨小閣聯娃僮褥縫篸雙綫鉤縚辮五驄蜀煙飛重錦峽雨濺輕容拂鏡羞溫嶠。薰衣避賈充魚生玉藕下人在石蓮中。合水彎娥（當作蛾）翠登樓潩馬髮使君居曲陌園令住臨卭桂火流蘇暖金鑪細炷通春遲王子態鶯囀謝娘慵玉漏三星曙銅街五馬逢犀株防膽怯銀液鎮心忪。跳脫看年命琵琶道吉凶王時應七夕夫位在三宮。無力塗雲母。多方帶藥翁符因青鳥送

何者不可言

囊用絳紗縫。漢苑尋官柳。河橋閡禁鍾。月明中婦（亦是妙意）

覺。應笑畫堂空

感諷五首

其一

合浦無明珠。龍陽有木奴。足知造化力。不給使君

須。越婦未織作。吳蠶始蠕蠕。縣官騎馬來。獰色虬

紫鬚。懷中一方板。板上數行書。不因使君怒。焉得

詣爾廬。越婦拜縣官。桑牙今尚小。會待春日宴。絲

此亦非經人道語

以介子喻賈生怨徹今古未下文帝猶自謫然

車方擲棹越婦通言語小姑具黃粱縣官踏飡去簿吏復登堂

其二

奇俊無少年日車何躃躃我待紆雙綬遺我星星髮都門賈生墓青蠅久斷絕寒食搖楊天憤景長肅殺皇漢十二帝唯帝稱睿哲一（一作又信鑒光言）信豎兒文明永淪歇

其三

南山何其悲鬼雨灑空草長安夜半秋風前幾人
老低迷黄昏徑裊裊青櫟道月午樹立影一山惟
白曉漆炬迎新人幽壙螢擾擾

其四

星盡四方高萬物知天曙已生須已養荷擔出門
去君平久不反康伯遁國路曉思何譊譊闤闠千
人語

其四

石根秋水明石畔秋草瘦侵衣野竹香蟄蟄垂葉厚岑中月歸來瞻光桂空秀桂露對仙娥星星下雲逗凄凉梔子落山璺泣清漏下有張仲蔚披書案將朽

三月過行宫

渠水紅繁擁御牆風嬌小葉學娥粧垂簾幾度青春老堪鎖千年白日長

李長吉歌詩目録卷之三

代崔家送客

出城

莫種樹

將發

追賦畫江潭苑四首

潞州大宅病酒遇江使寄上十四兄

難忘曲

賈公閭貴壻曲

答贈

題趙生壁

感春

仙人

河陽歌

花遊曲

春晝

安樂宫

房中思

石城曉

苦晝短

章和二年中

春歸昌谷

昌谷詩

銅駝悲

自昌谷到洛後門

曉入太行山

秋涼詩寄正字十二兄

李長吉歌詩目録卷之三終

不必苦心〻自近選語賦銅雀妓有義中不能言者却正如此亦近大雅

李長吉歌詩卷之三

唐　隴西李　賀　撰
宋　廬陵劉辰翁　評

追和何謝銅雀妓

佳人一壺酒。秋容滿千里。石馬臥新煙。憂來何所似。歌聲且潛弄。陵樹風自起。長裾壓高臺。淚眼看花机。

送秦光祿北征

北虜膠堪折。秋沙亂曉鼙。髯胡頻犯塞。驕氣似橫霓。灞水樓船渡。營門細柳開。將軍馳白馬。豪彥騁雄材。箭射攙搶落。旗懸日月低。榆稀山易見。甲重馬頻嘶。天遠星光沒。沙平草葉齊。風吹雲路火。雪汙玉關泥。屢斷呼韓頸。曾燃董卓臍。太常猶舊寵。光祿是新隮。寶玦麒麟起。銀壺狒狖啼。桃花連馬發。綵絮撲鞍來。阿臂懸金斗。當脣注玉罍。清蘇和碎蟻。紫膩卷浮杯。虎鞹先蒙馬。魚腸且斷犀。趁遭

赤鳳恍惚

西旅狗蹙額北方奚守帳然香暮看鷹永夜棲黄龍就别鏡青塚念陽臺周處長橋役侯調短弄哀錢塘階鳳羽正室擘鸞釵內子攀琪樹羌兒奏落梅今朝擎劍去何日刺蛟廻

酬答二首

金魚公子夾衫長密裝腰鞓割玉方行處春風隨馬尾柳花偏打內家香

其二

雍州二月梅池（一作海）春。御水鵁鶄暖白蘋。試問酒旗歌板地。今朝誰是拗花人。

畫角東城

河轉曙蕭蕭。鴉飛睥睨高。帆長摽越甸。壁冷掛吳刀。淡菜生寒日。鮞魚潠白濤。水花霑抹額。旗鼓夜迎潮。

謝秀才有妾縞練。改從於人。秀才引留之不得。後生感憶。坐人製詩嘲謝。賀復繼四首。

其一

誰知泥憶雲。望斷梨花春。荷絲製機練。竹葉剪花裙。月明啼阿姊。燈暗會良人。也識君夫壻。金魚掛在身。

其二

銅鏡立青鸞。燕脂拂紫綿。腮花弄暗粉。眼尾淚侵寒。碧玉破不復。（一作破瓜後。）瑶琴重撥絃。今日非昔日。何人敢正看。

自是好語不必題事

其三

洞房思不禁。蜂子作花心。灰暖殘香炷。髮冷青蟲簪。夜遥燈焰短。睡熟小屏深。好作鴛鴦夢。南城罷擣碪。

其四

尋常輕宋玉。今日嫁文鴦。戟幹橫龍簴。刀環倚桂牕。邀人裁半袖。端坐據胡牀。淚濕紅輪重。栖（一作投）烏上井梁。

有情語好

昌谷讀書示巴童

蟲響燈光薄。宵寒藥氣濃。君憐垂翅客。辛苦尚相從。

巴童答

巨鼻宜山褐。厖眉入苦吟。非君唱樂府。誰識怨秋深。

代崔家送客

行蓋柳煙下。馬蹄白翩翩。恐隨送（一作送行）處盡。何忍重（一作復）揚

鞭、

出城

雪下桂花稀。啼烏被彈歸。關水乘驢影、秦風帽帶垂。入鄉試萬里。（一作誠可畏）無印自堪悲。卿卿忍相問。鏡中雙淚姿。（一作垂。）

莫種樹

園中莫種樹。種樹四時愁。獨睡南牕月。今秋似去秋。

將發

東牀卷席罷。護落將行去。秋白遥遥空。日滿門前路。

追賦畫江潭苑四首

其一

吳苑曉蒼蒼。宮衣水濺黄。小鬟紅粉薄。騎馬珮珠長。露指臺城迥。羅熏袴褶香。行雲霑翠輦。今日似襄王。

其二

寶秣菊衣單。蕉花寄露寒。水光蘭澤葉。帶重剪刀錢。角暖盤弓易。靴長上馬難。淚痕霑寢帳。匀粉照金鞍。

其三

剪翅小鷹斜。縚根玉鏇花。鞦垂粧鈿粟。箭箙釘文牙。鸀鳿啼深竹。鵁鶄老濕沙。宮官燒蠟火。飛燼汗鉛華。

流霞

其四

十騎簇芙蓉。宮衣小隊紅。練香熏宋鵲。尋箭踏盧龍。旗濕金鈴重。霜乾玉鐙空。今朝畫眉早。不待景陽鍾。

潞州張大宅病酒遇江使寄上十四兄

秋至昭關後。當知趙國寒。繫書隨短羽。寫恨破長牋。病客眠清曉。疎桐墜綠鮮。城鴉啼粉堞。軍吹壓蘆煙。岸幘褰紗幌。枯塘臥折蓮。木窻銀跡畫。石磴水痕錢。旅酒侵愁肺。離歌繞懦絃。詩封兩條淚。露折一枝蘭。莎老沙雞泣。松乾瓦獸殘。覺騎燕地馬。夢載楚溪船。椒桂傾長席。鱸魴斫玳筵。豈能忘舊路。江島滯佳年。

難忘曲

夾道開洞門。弱楊低畫戟。簾影竹華（一作葉）起。簫聲吹日色。蜂語繞粧鏡。拂蛾學春碧。亂係丁香梢。滿欄花向夕。

賈公閭貴壻曲

朝衣不須長。分花對袍縫。嚶嚶白馬來。滿腦黃金重。今朝香氣苦。珊瑚澁難枕。且要弄風人。暖蒲沙上飲。燕語踏簾鉤。日虹屏中碧。潘令在河陽。無人死芳（一作花）色。

夜飲朝眠曲

觴酣出座東方高。腰橫半解星勞勞。柳花鴉啼公主醉。薄露壓花蕙園氣。玉轉濕絲牽曉水。熱粉生香琅玕紫。夜飲朝眠斷無事。楚羅之幃臥皇子。

王濬暮下作

人間無阿童。猶唱水中龍。白草侵煙死。秋梨繞地紅。古書平黑石。神劒斷青銅。耕勢魚鱗起。一作斜墳科馬鬣封。菊花垂濕露。棘徑臥乾蓬。松柏愁香澁。南原幾夜風。

客遊

悲滿千里心。日暖南山石。不謁承明廬。老作平原

客。四時別家廟。三年去鄉國。旅歌屢彈鋏。歸問時
裂帛。

崇義里滯雨

落漠誰家子。來感長安秋。壯年抱羈恨。夢泣生白
頭。瘦馬秣敗草。雨沫飄寒溝。南宮古簾暗。濕景傳
籤籌。家山遠千里。雲脚天東頭。憂眠枕劍匣。客帳
夢封侯。

馮小憐

此語深悲

灣頭見小憐請上琵琶絃破得春風恨今朝直幾
錢裙垂竹葉帶鬢濕杏花煙玉冷紅絲重齊宮妾
駕鞍

贈陳商

長安有男兒二十心已朽楞伽堆案前楚辭繫肘
後人生有窮拙日暮聊飲酒秪今道已塞何必須
白首淒淒陳述聖披褐鉏俎豆學爲堯舜文時人
責衰偶柴門車轍凍日下榆影瘦黃昏訪我來苦

如高

節青陽皺太華五千仞劈地抽森秀旁古無寸壽一上戛牛斗公卿縱不憐寧能鎖吾口李生師大華大坐看白晝逢霜作樸樕得氣爲春柳禮節乃相去顛頓如芻狗風雪直齊壇墨組貫銅綬臣妾氣態閒唯欲承箕帚天眼何時開古劍庸一吼

釣魚詩

秋水釣紅渠仙人待素書菱絲縈獨繭蒲米蟄雙魚斜竹垂清沼長綸貫碧虛餌懸春蜥蜴鉤墜小

蟾蜍。詹子情無限。龍陽恨有餘。爲看煙浦上。楚女淚霑裾。

奉和二兄罷使遣馬歸延州

空留三尺劍。不用一丸泥。馬向沙場去。人歸故國來。笛愁翻隴水。酒喜瀝春灰。錦帶休驚鴈。羅衣尚鬬雞。還吳已渺渺。入郢莫凄凄。自是桃李樹。何畏不成蹊。

答贈

語有清福題壁如此必皆實景變化得不俗目是長吉語意托之趙生耳

本是張公子，曾名蕚綠華。沈香燻小像，楊柳伴啼鴉。露重金泥冷，杯闌玉樹斜。琴堂沽酒客，新買後園花。

題趙生壁

大婦燃竹根，中婦舂玉屑。冬暖拾松枝，日煙坐蒙滅。木蘚青桐老，石井水聲發。曝背臥東亭，桃花滿肌骨。

感春

字字不隨人後

日暖自蕭條。花悲北郭騷。榆穿萊子眼。柳斷舞兒腰。上幕迎神燕。飛絲送百勞。胡琴今日恨。急語向檀槽。

仙人

彈琴石壁上。翻翻一仙人。手持白鸞尾。夜掃南山雲。鹿飲寒澗下。魚歸清海濱。當時漢武帝。書報桃花春。

河陽歌

染羅衣。秋藍難着色。不是無心人。爲作臺邛客。花燒中潬城。顏郎身已老。惜許兩少年。抽心似春草。今日見銀牌。今夜鳴玉讌。牛頭高一尺。隔坐應相見。月從東方來。酒從東方轉。觥船飫口紅。蜜炬千枝爛。

花遊曲

寒食諸王妓遊。賀入座。因採梁簡文詩調賦花遊曲。與妓彈唱。

春柳南陌態。冷死寒露姿。今朝醉城外。拂鏡濃掃眉。煙濕愁車重。紅油覆畫衣。舞裙香不暖。酒色上來遲。

春晝

朱城報春更漏轉。光風催蘭吹小殿。草細堪梳柳長如線。卷衣秦帝。掃粉趙燕。日含畫幕。蜂上羅薦。平陽花塢。河陽花縣。越婦搘機。吳蠶作繭。菱汀繫帶。荷塘倚扇。江南有情。塞北無恨（一作限）。

質而不俚豔而不淫似謠體似令曲不厭其碎胡蝶語最妙

安樂宮

深井桐烏起尚復牽（一作朧）清水未盥邵陵瓜瓶中弄長翠新成安樂宮宮如鳳凰翅歌廻蠟板鳴（一作大椎）左悵提壺使綠蘩悲水曲茱萸别秋子

胡蝶舞（一作飛）

楊花撲帳春雲熱龜甲屏風醉眼纈東家蝴蝶西家飛白騎少年今日歸（一始）

梁公子

風采出蕭家。本是菖蒲花。南塘蓮子熟。洗馬走江沙。御牋銀沫冷。長簟鳳窠斜。種柳營中暗。題書賜館娃。

牡丹種曲

蓮枝未長秦蘅老。走馬馱金斸春草。水灌香泥却月盆。一夜綠房迎白曉。美人醉語園中煙。晚華已散蝶又闌。梁王老去羅衣在。拂袖風吹蜀國絃。歸霞帔拖蜀帳昏。嫣紅落粉罷承恩。檀郎謝女眠何

極似古意鑿井淺事獨因轆轤涉及情事頗款係日如此往來既託之謠體長言短語自不必一一可曉

處樓臺月明燕夜語。

後園鑿井歌

井上轆轤牀上轉。水聲繁。絃聲淺。情若何。荀奉倩。城頭日長向城頭住。一日作千年。不須流下去。

開愁歌 華下作

秋風吹地百草乾。華容碧影生晚寒。我當二十不得意。一心愁謝如枯蘭。衣如飛鶉馬如狗。臨岐擊劒生銅吼。旗亭下馬解秋衣。請貰宜陽一壺酒。壺

甚可念甚可念

中喚天雲不開。白晝萬里閑凄迷。主人勸我養心骨。莫受俗物相塡豗。

秦宮詩 并序

漢秦宮。將軍梁冀之嬖奴也。秦宮得寵内舍。故以驕名。大諠於人。予撫舊而作長辭。辭以馮于都之事相爲對望。又云昔有之詩。

越羅衫袂（一作夾袖）迎春風。玉刻騏驎腰帶紅。樓頭曲宴仙

極言梁氏連夜歲讌而秦宫得志可見至調鸚鵡夜半煮無不可道故知作者妙於形容末更奴態人所不能盡喩

鈎深索隱如夢如画

人語帳底吹笙香霧濃人間一作閒酒暖春茫茫花枝入簾白日長飛牕複道傳籌飲十夜一作半夜朦朧銅盤膩燭黃禿衿小袖調鸚鵡紫繡麻霞踏哮虎斫桂燒金待曉筵白鹿青蘇夜半煮桐英永巷一作上騎新馬内屋深屏一作珍生色畫開門爛用水衡錢卷起黃河向身瀉皇天厄運猶曾裂秦宮一生花底活鸞篦奪得不還人亦是妙思醉眠氍毹滿堂月賦秦宮似秦宮何多才也

古鄴城童子謡效王粲曹操

雖不盡脫剌意終是古語可愛

精語

鄴城中暮塵起將黑丸斫文吏棘爲鞭虎爲馬團團走鄴城下切玉劍射日弓獻何人奉相公扶轂來關右兒香掃塗相公歸

楊生青花紫石硯歌 京本無紫字

端州石工巧如神踏天磨刀割紫雲傭刓抱水含滿脣暗灑萇弘冷血痕紗帷晝暖墨花春輕漚漂沫松麝薰乾膩薄重立脚匀數寸光秋無日昏圓毫促點聲靜新孔硯寬頑何足云

古情事不杳

曉語起佳不言留別而有留別之色妙不着相

房中思

新桂如蛾眉，秋風吹小綠。行輪出門去，玉鑾聲斷續。月軒下風露，曉庭目幽澁。誰能事貞素，臥聽莎雞泣。

石城曉

勝選

月落大隄上，女垣棲烏起。細露濕團紅，寒香解衣醉。女牛渡天河，柳煙滿城曲。上客留斷纓，殘蛾鬭雙綠。春帳依微蟬翼羅，橫茵突金隱體花。帳前輕

詩多神像

絮鶴毛起。欲說春心無所似。

苦晝短

飛光飛光。勸爾一杯酒。吾不識青天高。黃地厚。唯見月寒日暖。來煎人壽。食熊則肥。食蛙則瘦。神君何在。太一安有。天東有若木。下置銜燭龍。吾將斬龍足。嚼龍肉。使之朝不得迴。夜不得伏。自然老者不死。少者不哭。何爲服黃金。吞白玉。誰一作似是任公子。雲中騎碧驢。劉徹茂陵多滯骨。嬴政梓棺費鮑魚。

章和二年中

雲蕭索。（一本無田字）田風拂拂。麥芒如篲黍如粟。關中父老百領襦。關東吏人乏詬租。健犢春耕土膏黑。菖蒲叢叢沿水脈。殷勤為我下田租。百錢攜償絲桐客。遊春漫光塢花白。野林散香神降席。拜神得壽獻天子。七星貫斷姮娥死。

春歸昌谷

束髮方讀書。謀身苦不早。終軍未乘傳。顏子鬢先

旱雲二三月
以下甚奇纔

老。天網信崇大。矯士常慅慅。逸目騁甘華。羇心如荼蓼。旱雲二三月。岑岫相顛倒。誰揭頳玉盤。東方發紅照。春熱張鶴蓋。兎目官槐小。思焦面如病。嘗膽腸似絞。京國心爛漫。夜夢歸家少。發軔東門外天地皆浩浩。青樹驪山頭。花風滿秦道。宮臺光錯落。裝畫偏峰嶠。細綠及團紅。當路雜啼笑。香氣下高廣。鞍馬正華耀。獨乘雞棲車。自覺少風調。心曲語形影。祇身焉足樂。豈能脫負擔。刻鶴曾無兆。幽幽太華側。老柏如建纛。龍皮相排戛。翠羽更蕩掉。驅趨委憔悴。眺覽強容貌。花蔓閡行輈。縠煙暝深微。少健無所就。入門愧家老。聽講依大樹。觀書臨曲沼。知非出柙虎。甘作藏霧豹。韓鳥處繒繳。湘鯈在籠罩。狹行無廓落。壯士徒輕躁。

昌谷詩　五月二十七日作

昌谷五月稻。細青滿平水。遙巒相壓疊。頹綠愁墮地。光潔無秋思。涼曠吹浮媚。竹香滿凄寂。粉節塗生翠。草髮垂恨鬢。光露泣幽淚。層圍爛洞曲。芳徑老紅醉。攢蟲鍥古柳。蟬子鳴高邃。大帶委黃葛。紫蒲交狹涘。石錢差復藉。厚葉皆蟠膩。汰沙好平白。立馬印青字。晚鱗自遨遊。瘦鵠暝單跱。嘹嘹濕蛄聲。咽源驚濺起。紓緩玉眞路。（元註：近武后避暑路）神娥蕙花裏。苕蔡縈澗礫。山實垂赬紫。小柏儼重扇。肥松突丹髓。鳴流走響韻。壠秋拖光穟。鸎唱閔女歌。瀑懸楚練帔。風露滿笑眼。駢巖雜舒墜。亂條迸石嶺。細頸喧鳥毖。

此像設聞處
猶是說蘭香
神意謂異代
而人事之

日腳掃昏翳。新雲啓華閟。謐謐厭夏光。商風道清氣。高眠服玉容。燒桂祀天几。元註谷號女山猶降相承山即蘭香神女上天處也爬尸在焉霧衣夜披拂。眠壇夢眞粹。待駕棲鸞老。故宮椒壁圮。元註福昌宮在谷東鴻瓏數鈴響。羇臣發涼思。陰藤束朱鍵。龍帳着魈魅。碧錦帖花檉。香衾事殘貴。歌塵蠹木在。舞綵長雲似。珍壤割繡段。里俗祖風義。隣凶不相杵。疫病無邪祀。鮐皮識仁惠。丱角知靦耻。縣省司刑官。戶乏詬租吏。竹藪添墮簡。石磯引鉤餌。溪灣轉水帶。芭蕉傾蜀紙。岑光晃縠襟。孤景拂繁事。泉樽陶宰酒。月眉謝郎妓。
丁幽鍾遠。矯矯單飛至。霞巘殷嵳峩。危溜聲爭次。
淡蛾流平碧。薄月聊陰悴。涼光入澗岸。廓盡山中
意。漁童下宵網。霜禽竦煙翅。潭鏡滑蛟涎。浮珠驗
魚戲。風桐瑤匣瑟。螢星錦城使。柳綴長縹帶。篁掉
短笛吹。石根緣綠蘚。蘆筍抽丹漬。漂旋弄天影。古
檜拏雲臂。愁月薇帳紅。罥雲香蔓刺。芒麥平百井。
閑乘列千肆。刺促成紀人。好學鴟夷子。

銅駝悲

落魄三月罷。尋花去東家。誰作送春曲。洛岸悲銅駝。橋南多馬客。北山饒古人。客飲杯中酒。駝悲千萬春。生世莫徒勞。風吹盤上燭。厭見桃株笑。銅駝夜來哭。

自昌谷到洛後門

九月大野白。蒼岑竦秋門。寒涼十月末。路霰濛曉昏。澹色結晝天。心事塡空雲。道上千里風。野竹蛇涎痕。石澗東波聲。雞叫清寒晨。強行到東舍。解馬投舊隣。東家名廖者。鄉曲傳姓辛。杖頭非飲酒。吾請造其人。始欲南去楚。又將西適秦。襄王與武帝。各自留青春。聞道蘭臺上。宋玉無歸魂。緗縹兩行字。蟄蟲蠹秋芸。爲探秦臺意。豈命余負薪。

七月一日曉入太行山

一夕遶山秋。香露溘蒙菉。新橋倚雲阪。候蟲嘶露撲。洛南今已遠。越衾誰爲熨。石氣何凄凄。老莎如短鏃。

秋涼詩寄正字十二兄

閉門感秋風幽姿任契闊大野生素空天地曠肅殺露光泣殘蕙蟲響連夜發房寒寸輝薄迎風絳紗折披書古芸馥恨唱華容歇百日不相知花光變涼節弟兄誰念慮牋翰既通達青袍度（一作瘦）白馬草簡奏東闕夢中相聚笑覺見半牀月長思劇尋環亂憂抵覃葛。

李長吉歌詩卷之三終

李長吉歌詩目錄卷四

夜坐吟

箜篌引

巫山高

平城下

江南弄

榮華樂

相勸酒

瑶華樂

野歌

美人梳頭歌

月漉漉歌

京城

官街鼓

許公子鄭姬歌

新夏歌

題歸夢

將進酒

經沙苑

出城別張又新酬李漢

李長吉歌詩目卷之四終

似古詩乃不覺其甄花棘髯者

李長吉歌詩卷之四

唐　隴西李　賀　撰
宋　廬陵劉辰翁　評

艾如張　艾或晉人非後面分明艾葉疑

錦襜褕，繡襠襦，强飲啄，哺爾雛。隴東臥穟滿風雨。莫信籠（一作脈）媒隴西去。齊人織網如素空，張在野（一作森）田平。碧中。網絲漠漠無形影。誤爾觸之傷首紅。艾葉綠花誰剪刻，中藏禍機不可測。

又右是樂神之辭

叫筆痛快

上雲樂

飛香走紅滿天春花龍盤盤上紫雲三千宮女列金屋五十絃瑟海上聞天江碎碎銀沙路嬴女機中煙素素斷煙素縫衣褸八月一日君前舞

摩多樓子

玉塞去金人二萬四千里風吹沙作雲一時渡遼水天白水如練甲絲雙串斷行行莫苦辛城月猶殘半曉氣朔煙上趨趄胡馬蹄行人臨水別隔隴

甚疾吏之辭

長東西。

猛虎行

長戈莫舂。長弩莫抨。乳孫哺子。教得生獰。舉頭爲城。掉尾爲旌。東海黃公。愁見夜行。道逢騶(奴)虞。牛哀(奇)不(怪)平。何用尺刀。壁上雷鳴。泰山之下。婦人哭聲。官家有程。吏不敢聽。言吏畏嚴刑和除窮虎而行

日出行

白日下崑崙。發光如舒絲。徒照葵藿心。不照遊子

悲。折折黃河曲。日從中央轉。暘谷耳曾聞。若木眼不見奈爾鑠石。胡爲銷人。羿彎弓屬矢那不中足令久不得奔。詎敎晨光夕昏。

俳體得之

苦篁調笑引

請說軒轅在時事伶倫採竹二十四。伶倫採之自崑丘。軒轅詔遣中分作十二。伶倫以之正音律軒轅以之調元氣。當時黃帝上天時二十三管咸相隨。唯留一管人間吹。無德不能得此管。此管沈埋

以此寄興甚奇

此語轉奇情錦字妙

虞舜祠。

拂舞歌辭

吳娥聲絕天空雲閑徘徊門。外滿車馬亦須生綠苔。樽有烏程酒。勸君千萬壽。全勝漢武錦樓上曉。望晴寒飲花露。東方日不破天。光無老時丹。成作蛇乘白霧。千年重化玉井土。從蛇作土二千載吳。堤綠草年年在。背有八卦稱神仙。邪鱗頑甲滑腥涎。

奇語

夜坐吟

踏踏馬蹄誰見過。眼看北斗直天河。西風羅幕生翠波。鉛華笑妾顰青娥。爲君起唱長相思。簾外嚴霜皆倒飛。明星爛爛東方陲。紅霞稍出東南涯。郎去矣乘班騅。

箜篌引 又曰公無渡河

公乎公乎。提壺將焉如。屈平沉湘不足慕。徐衍入海誠爲愚。公乎公乎。牀有菅席盤有魚。北里有賢

七字分明巫山

兄。東隣有小姑。隴畝油油黍與葫。瓦甒濁醪蟻浮浮。黍可食。醪可飲。公乎公乎其奈君。被髮奔流竟何如。賢兄小姑哭嗚嗚。

巫山高

碧叢叢。高插天。大江翻瀾神曳煙。楚魂尋夢風颸然。曉風飛雨生苔錢。瑤姬一去一千年。丁香筇竹啼老猿。古祠近月蟾桂寒。椒花墜紅濕雲間。

平城下

飢寒平城下。夜夜守明月。別劒無玉花。海風斷鬢髮。塞長連白空。遙見漢旗紅。青帳吹短笛。煙霧濕畫龍。日晚在城上。依俙望城下風吹枯蓬起。城中嘶瘦馬。借問築城吏。去關幾千里。惟愁裹屍歸。不惜倒戈死。

江南弄

江中綠霧起涼波。天上疊巘紅嵯峨。水風浦雲生老竹。渚暝蒲帆如一幅。鱸魚千頭酒百斛。酒中倒

無不奇絕

臥南山綠吳歈越吟未終曲江上團團帖寒玉

榮華樂 一作東洛梁家謠

鳶肩公子二十餘齒編貝脣激朱氣如虹霓飲如建瓴走馬夜歸叫嚴更徑穿複道游椒房龍裘金玦雜花光玉堂調笑金樓子臺下戲學邯鄲倡口吟舌話稱女郎錦袪繡面漢帝旁得明珠十斛白璧一雙新詔垂金曳紫光煌煌馬如飛人如水九卿六官皆望履將迴日月先反掌欲作江河唯畫

張姓第大說為此名手無緊要却有思索

地。峨峨虎冠上切雲。竦劍晨趨凌紫氛。繡段千尋貽阜隸。黃金百鎰貺家臣。十二門前張大宅。晴春煙起連天碧。金鋪綴日雜紅光。銅龍齧環似爭力。瑤姬凝醉臥芳席。海（似謂月）素籠牕空下隔。丹穴取鳳充行庖。玃玃如拳那足食。金蟾呀呀蘭燭香。軍裝武妓聲琅璫。誰知花雨夜來過。但見池臺春草長。嘈嘈絃吹匝天開。洪崖簫聲遶天來。天長一矢貫雙虎。雲弝絕騁聒旱雷。亂袖交竿管兒舞。吳音綠鳥

學言語能教刻石平紫金解送刻毛寄新兎三皇
皇后七貴人五十校尉二將軍當時飛去逐彩雲
化作今日京華春

相勸酒

羲和騁六轡晝夕不曾閑彈烏崦嵫竹扶馬蟠桃
鞭蓐收既斷翠柳青帝又造紅蘭堯舜至今萬萬
歲數子將爲傾蓋間青錢白璧買無端丈夫快意
方爲歡臛蠵臛熊何足云會須鍾飲北海箕踞南

山。歌淫淫，管愔愔。橫波好送雕題金。人生得意且如此。何用強知元化心。相勸酒，終無輟。伏願陛下鴻名終不歇。子孫綿如石上葛。來長安，車駢駢，中有梁冀舊宅，石崇故園。

瑶華樂

穆天子。走龍媒。八鑾冬瓏逐天迴。五精掃地凝雲開。高門左右日月環。四方錯鏤稜層殿。舞霞垂尾長盤珊。江澄海淨神母顏。施紅點翠照虞泉。曳雲拖玉下崑山。列旆如松。張蓋如輪。金風殿秋清明發春。八鑾十乘。矗如雲屯。瓊鍾瑤席甘露文玄霜絳雪何足云。薰梅染柳將贈君鉛華之水洗君骨。與君相對作眞質。

北中寒

一方黑照三方紫。黃河氷合魚龍死。三尺木皮斷文理。百石強車上河水。霜花草上大如錢。揮刀不入迷濛天。爭瀯海水飛凌喧。山瀑無聲玉虹懸

梁臺古愁

梁王臺沼空中立，天河之水夜飛入。臺前闘玉作蛟龍。綠粉掃天愁露濕。撞鍾飲酒行射天。金虎蹙裘噴血斑。朝朝暮暮愁海翻。長繩繫日樂當年。芙蓉凝紅得秋色。蘭臉別春啼脉脉。蘆洲客鴈報春來。寥落野篁秋漫白。

公無出門

天迷迷。地密密。熊虺食人魂。（一作雪風破）雪霜斷人骨。嗾犬唁

偏善其時景情態

唁相索索舐掌偏宜佩蘭客帝遣乘軒災自息玉星點劒黃金軛我雖跨馬不得還歷陽湖波大如山毒虬相視振金環狻猊猰貐吐饞涎鮑焦一世披草眠顏回十九鬢毛斑顏回非血衰鮑焦不違天天畏遭齰齧所以致之然分明猶懼公不信公看阿壁書問天

神絃曲

西山日沒東山昏旋風吹馬馬踏雲畫絃素管聲

淺繁。花裙綷縩步秋塵。桂葉刷風桂墜子。青狸哭血寒狐死。古壁彩虯金帖尾。雨工騎入秋潭水。百年老鴞成木魅。笑聲碧火巢中起。

神絃

女巫澆酒雲滿空。玉爐炭火香鼕鼕。海神山鬼來座中。紙錢窸窣鳴颷風。相思木帖金舞鸞。攢蛾一啑重一彈。呼星召鬼歆杯盤。山魅食時人森寒。終南日色低平灣。神兮長在有無間。神嗔神喜師更顏。送神萬騎還青山。

神絃別曲

巫山小女隔雲別。春風松花山上發。綠蓋獨穿香逕歸。白馬花竿前孑孑。蜀江風澹水如羅。墮蘭誰泛相經過。南山桂樹爲君死。雲衫淺汙紅脂花。

綠水詞

今宵好風月。阿侯在何處。爲有傾人色。翻成足愁苦。東湖採蓮葉。南湖拔蒲根。未持寄小姑。且持感

青池正轉語意

愁魂。

沙路曲

柳臉（一作澹）半眠丞相樹。珮馬釘鈴踏沙路。斷燼遺香裊翠煙。燭（一作獨）騎啼鳴上天去。帝家玉龍開（一作掟）九關。帝前動笏移南山。獨垂重印押千官。金窠篆字紅屈盤。沙路歸來聞好語。旱火不光天下雨。

上之回

上之回。大旗喜。懸紅雲。撻鳳尾。劒匣破。舞蛟龍。蚩尫死。鼓逢逢。天高慶雷齊墜地。地無驚煙海千里。

高軒過

韓員外愈皇甫侍御湜見過因而命作

華裾織翠青如葱。金環壓轡搖玲瓏。馬蹄隱耳聲隆隆。入門下馬氣如虹。（一本無此二字）云是東京才子。文章鉅公。（一本無鉅字）二十八宿羅心胸。（一作元精耿耿）九精照耀貫當中。殿前作賦聲摩空。筆補造化天無功。厖眉書客感秋蓬。誰知死草生華風。我今垂翅附冥鴻。他日不羞蛇作龍。

貝宮夫人

丁丁海女弄金環雀釵翹揭雙翅關。六宮不語一生閑。高懸銀牓照青山。長眉凝綠幾千年。清涼堪老鏡中鸞。秋肌稍覺玉衣寒。空光帖妥水如天。

蘭香神女廟 三月中作

古春年年在。閑綠搖暖雲。松香飛晚華。柳渚含日昏。沙砲落紅滿。石泉生水芹。幽篁畫新粉。蛾綠橫曉門。弱蕙不勝露。山秀愁空春。舞珮剪鸞翼。帳帶

逐句逐字尚有可取全首即無謂

塗輕銀蘭桂吹濃香菱藕長莘莘看雨逢瑶姬乘
舩值江君吹簫飲酒醉結綬金絲裙走天呵白鹿
遊水鞭錦鱗密髮虛鬟飛膩頰凝花勻團鬢分蛛
巢濃眉籠小唇弄蝶和輕姸風光怯腰身深幃金
鴨冷奩鏡幽鳳塵踏霧乘風歸撼玉山上門

送韋仁實兄弟入關

送客飲別酒千觴無緒顏何物最傷心馬首鳴金
環野色浩無主秋明空曠間坐來壯膽破斷目不

能看。行槐引西道。青梢長攢攢。韋郎好兄弟。疊玉生文翰。我在山上舍。一畝蒿磽田。夜雨叫租吏。春聲暗交關。誰解念勞勞。蒼突唯南山。

洛陽城外別皇甫湜

洛陽吹別風。龍門起斷煙。冬樹束生澀。晚紫凝華天。單身野霜上。疲馬飛蓬閒。憑軒一雙淚。奉墜綠衣前。

溪晚涼

白狐向月號山風。秋寒掃雲留碧空。玉煙青濕白如幢。銀灣曉轉流天東。溪汀眠鷺夢征鴻。輕漣不語細游溶。層岫迴岑複疊龍。苦篁對客吟歌筒。

官不來題皇甫湜先輩廳

官不來。官庭秋。老桐錯幹青龍愁。書司曹佐走如牛。疊聲問佐官來否。官不來。門幽幽。

長平箭頭歌

漆灰骨末丹水沙。凄凄古血生銅花。白翎金簳雨

善哉

俊快濃至

中盡。直餘三脊殘狠牙。我尋平原乘兩馬。驛東石田蒿塢下。風長日短星蕭蕭。黑旗雲濕懸空夜。左魂右魄啼肌瘦。酪瓶倒盡將羊炙。蟲棲雁病蘆筍紅。廻風送客吹陰火。訪古汍蘭收斷鏃。折鋒赤壘曾刲肉。南陌東城馬上兒。勸我將金換簝竹。

江樓曲

樓前流水江陵道。鯉魚風起芙蓉老。曉釵催鬢語南風。抽帆歸來一日功。鼉吟浦口飛梅雨。竿頭酒

悲壯陡絕

清壯

旗換青苧。蕭騷浪白雲差池黄粉油衫寄郎主。新槽酒聲苦無力。南湖一頃菱花白。眼前便有千里愁。小玉開屏見山色。

塞下曲

胡角引北風薊門白於水。天含青海道城頭月千里露下旗濛濛。寒金鳴夜刻蕃甲鏁蛇鱗。馬嘶青塚白。秋靜見旄頭沙遠席羇（一作笮）愁帳北天應盡河聲出塞流。

染綠上春機

玉鬣泣水桐花井。𦇊綠洗水如雲影。美人懶態燕脂愁。春梭抛擲鳴高樓。綠線結茸背複疊。白袷玉郎寄桃葉。爲君挑鸞作腰綬。願君處處宜春酒。

五粒小松歌

前謝秀才、杜雲卿。命予作五粒小松歌。予以選書多事。不治曲辭。經十日。聊道八句。以當命意。

皆不成語

謂樹與峯別

蛇子蛇孫鱗蜿蜿新香幾粒洪崖飯綠波浸葉滿濃光細束龍髯鉸刀剪主人壁上鋪州圖主人堂前多俗儒月明白露秋淚滴（一作露滴幽秋淚）石筍溪雲肯寄書

塘上行

藕花涼露濕花缺藕根澁飛下雌鴛鴦塘水聲溢溢

呂將軍歌

呂將軍騎赤兎獨攜大膽出秦門金粟堆邊哭陵

樹。北方逆氣汗青天。劍龍夜叫將軍閑。將軍振袖揮劍鍔。玉闕朱城有門閣。榼榼銀龜搖白馬。傅粉女郎火旗下。恒山鐵騎請金槍。遥聞箙中花箭香。西郊寒蓬葉如刺。皇天新栽養神驥。廐中高桁挑（一作排）蹇蹄。飽食青芻飲白水。圓蒼低迷蓋張地。九州人事皆如此。赤山秀鋌禦時英。綠眼將軍會天意。

休洗紅

休洗紅。洗多紅色淺。卿卿騁少年。昨日殷橋見。封

古意

落 豪意

候早歸來。莫作絃上箭。

野歌

鵶翎羽箭山桑弓。仰天射落銜蘆鴻。麻衣黑肥衝北風。帶酒日晚歌田中。男兒屈窮心不窮。枯榮不等嗔天公。寒風又變爲春柳。條條看即煙濛濛。

將進酒

琉璃鍾。琥珀濃。小槽酒滴眞珠紅。烹龍炮鳳玉脂泣。羅屏繡幕圍香風。吹龍笛。擊鼉鼓。皓齒歌。細腰

哀怨豪暢故是絶調

極是快句可人可人

如画如画有情無語更是可憐

舞。況是青春日將暮。桃花亂落如紅雨。勸君終日酩酊醉。酒不到劉伶墳上土。

美人梳頭歌

西施曉夢綃帳寒。香鬟墮髻半沈檀。轆轤咿啞轉鳴玉。驚起芙蓉睡新足。雙鸞開鏡秋水光。解鬟臨鏡立象牀。一編香絲雲撒地。玉釵落處無聲膩。纖手却盤老鴉色。翠滑寶釵簪不得。春風爛熳惱嬌慵。十八鬟多無氣力。粧成鬖鬌欹不斜。雲裾數步

無語之語更濃

不可解亦自好

未獻脂粉

踏鴈沙。背人不語向何處。下階自折櫻桃花。

月漉漉篇

月漉漉。波煙玉。莎青桂花繁。芙蓉別江木。粉態裌羅寒。鴈羽鋪煙濕。誰能看石帆。乘船鏡中入。秋白鮮紅死。水香蓮子齊。挽菱隔歌袖。綠刺罥銀泥。

京城

驅馬出城意。牢落長安心。兩事誰向道。自作秋風吟。

神奇至於仙極矣獨屢言仙死不怪之怪乃大怪也

官街鼓

曉聲隆隆催轉日。暮聲隆隆呼月出。漢城黃柳映新簾。柏陵飛燕埋香骨。磓發千年日長白。孝武秦王聽不得。從君翠髮蘆花色。獨共南山守中國。幾迴天上葬神仙。漏聲相將無斷絕。絕一作緣一作續

許公子鄭姬歌 鄭園中請賀作

許史世家外親貴。宮錦千端買沈醉。銅駝酒熟烘明膠。古堤大柳煙中翠。桂開客花名鄭袖。入洛聞

香鼎門口。先將芍藥獻粧臺。後解黃金大如斗。莫愁簾中許合歡。清絃五十爲君彈。彈聲咽春弄君骨。骨興牽人馬上鞍。兩馬八蹄踏蘭苑。情如合竹誰能見。夜光玉枕棲鳳凰。袷羅當門刺純綫。長翻蜀紙卷明君。轉角含商破碧雲。自從小靨來東道。曲裏長眉少見人。相如墳上生秋柏。三春誰是言情客。蛾鬟醉眼拜諸宗。爲謁皇孫請曹植。

新夏歌

曉木千籠真蠟綵。落蔕枯香數分在。陰枝拳牙卷縹帶。長風迴氣扶蔥籠。野家麥畦上新壠。長畛徘徊桑柘重。刺香滿地菖蒲艸。雨梁燕語悲身老。三月摇楊入河道。天濃地濃柳梳掃。

題歸夢

長安風雨夜。書客夢昌谷。怡怡中堂笑。小弟裁澗菉。家門厚重意。望我飽飢腹。勞勞一寸心。燈花照魚目。

經沙苑

野水泛長瀾。宮牙開小蒨。無人柳自春。草渚鴛鴦暖。晴嘶臥沙馬。老去悲啼展。今春還不歸。塞嚶折翅鴈。

出城別張又新酬李漢

李子別上國。南山崆峒春。不聞今夕鼓。差慰煎情人。趙壹賦命薄。馬卿家業貧。鄉書何所報。紫蕨生石雲。長安玉桂國。戟帶披侯門。慘陰地自光。寶馬

必不録上二

踏曉昏。臘春戲草苑。玉輓鳴轣轆。綠綱縋金鈴。霞卷清池瀞。開貫瀉蚨母。買氷防夏蠅。時宜裂大被。劒客車盤茵。小人如死灰。心切生秋榛。皇圖跨四海。百姓施長紳。光明靄不發。腰龜徒甃銀。吾將諫禮樂。聲調摩清新。欲使十千歲。帝道如飛神。花實自蒼老。流來長傾盆。浸浸暗齰舌。涕血不敢論。今將下東道。祭酒而別秦。六郡無勦兒。長刀誰拭塵。地理陽無正。快馬逐服轅。二子美年少。調道誇清（一作講道調清淨）

渾譏笑斷冬夜家庭竦篠穿曙風起四方秋月當
東懸賦詩面投擲悲哉不遇人此別定霑臆越布
先裁巾

李長吉歌詩卷四終

今世詞家爲歌詩者無不喜擬長吉亦一時之變也先輩稱善言詩者咸服膺宋劉須溪先生李文正以麓堂詩話稱其語簡意切別自一機軸諸人評詩者皆不及良然自杜少陵以下諸名家皆有評而其於長吉擊節彌甚蓋長吉譎恠先生亦刻意摹索而有得至謂千年長吉甫有知己以誚樊川雅自負可知已近世徐文長亦有評恐未必能及先生當自有辨之者樊川

叙云止四卷外詩乃唐李公藩所遺恐有贋者
竄入先生固已疑之矣請以所之暮爲其體者
吴興淩濛初識

侄𣂏栴校

李長吉外詩集目録

聽潁師琴歌

謠俗

南園集錄目

李長吉外集目錄終

李長吉外詩集

唐　隴西李　賀　撰

宋　廬陵劉辰翁　評

南園

方領蕙帶折角巾。杜若已老蘭苕春。南山削秀藍玉合。小雨歸去飛涼雲。熟杏暖香梨葉老。草稍（一作蒲）竹柵鎖池痕（一作灘）。鄭公鄉老開酒尊。坐泛楚奏（一作酒）吟招魂

假龍吟歌

石乾銅杯。吟詠枯瘁。蒼鷹（一作蠹）擺血。白鳳下肺。桂子自落。雲弄車蓋。木死沙崩惡谿島。阿母得仙今不老。窋中跳汰截清涎。隈壖臥水埋金爪。崖磴蒼苔（一作蒼）吊石髮。江君掩帳篔簹折。蓮華去國一千年。雨後聞腥猶帶鐵。

感調六首

其一

人間春蕩蕩。帳暖香揚揚。飛光染幽紅。誇嬌來洞

意苦

房舞席泥金蛇。桐竹羅花牀。眼逐春暝醉。粉隨淚色黃。王子下馬來。曲沼鳴鴛鴦。焉知腸車轉。一夕巡九方。

其二

苦風吹朔寒、沙驚秦水折。舞影逐空天。畫鼓餘清節。蜀書秋信斷。黑水朝波咽。嬌魂從回風。死處懸鄉月。

其三

雜雜胡馬塵。森森邊士戟。天教胡馬戰。曉雲皆血色。婦人携漢卒。箭箙囊巾幗。不慚金印重。踉蹡腰鞬力。恂恂鄉門老。昨夜試鋒鏑。走馬遣書勳。誰能分粉墨。

其四

青門放彈去。馬色連空郊。何年帝家物。玉裝鞍上搖。去去走犬歸。來來坐烹羔。千金不了饌。棓肉稱盤臊。試問誰家子。乃老能佩刀。西山白蓋下。賢儁寒蕭蕭。

其五

曉菊泫寒露。似悲團扇風。秋涼經漢殿。班子泣衰紅。本無辭輦意。豈見入空宮。腰衱珮珠斷。灰蝶生陰松。

其六

蝶飛紅粉臺。柳掃吹笙道。十日懸戶庭。九秋無衰草。調歌送風轉。杯池白魚小。水宴截香腴。菱科映青草。芊蒙梨花滿。春昏弄長嘯唯愁苦花落。不惧世哀到。撫舊唯銷菟。南山坐悲嘯。

莫愁曲

草生龍坡下鴉噪城堞頭。何人此城裏城。角栽石榴。青絲繫五馬。黃金絡雙牛。白魚駕蓮船。夜作十里游。歸來無人識暗上洗香樓。羅牀倚瑤瑟。殘月傾簾鈎。今日槿花落。明朝桐樹秋。莫負平生意。何名何莫愁。

夜來樂

紅羅複帳金流蘇華燈九枝懸鯉魚。麗人映月開銅鋪。春水滴酒猩猩沽。價重一箧香十株。赤金瓜子兼雜麩。五色絲封青玉凫阿侯此笑千萬餘。南軒漢轉簾影疎。桐林啞啞挾子烏劒崖鞭節青石珠。白騧吹湍凝霜鬚。漏長送珮承明廬倡樓嵯峨明月孤。續客下馬故客去。綠蟬秀黛重拂梳。

嘲雪

能不作雪語

昨日發葱嶺。今朝下蘭渚。喜從千里來。亂笑含春語。（一作雨）龍沙濕漢旗。鳳扇迎秦素。久別遼城鶴毛衣已應故。

春懷引

芳溪密影成花洞。柳結濃煙花帶重。蟾蜍碾玉挂明弓。捍撥裝金打仙鳳。寶枕垂雲選春夢。鈿合碧寒龍腦凍。阿侯繫錦覓周郎。憑仗東風好相送

白虎行

敘事淺直殊異長吉彼以鬼苦血死諸字効顰衒詭耳

火烏日暗崩騰雲。秦皇虎視蒼生羣。燒書滅國無暇日。鑄劒佩玦呼將軍。玉壇設醮思冲天。一世二世當萬年。燒丹未得不死藥。拏舟海上尋神仙。鯨魚張鬣海波沸。耕人半作征人鬼。雄豪猛焰烈燒空。無人爲決天河水。誰最苦兮誰最苦。報人義士深相許。漸離擊筑荊卿歌。荊卿把酒燕丹語。劒如霜兮膽如鐵。出燕城兮望秦月。天授秦封祚未終。袞龍衣點荊卿血。朱旗卓地白虎死。漢皇知是眞

亦自致與長吉

天子。

有所思

去年陌上歌離曲。今日君書遠遊蜀。簾外花開二月風。臺前淚滴千行竹。琴心與妾腸。此夜斷還續。想君白馬懸雕弓。世間何處無春風。君心未肯鎮如石。妾顏不久如花紅。夜殘高碧橫長河。河上無梁空白波。西風未起悲龍梭。年年織素攢雙蛾。江山迢遞無休絕。淚眼看燈乍明滅。自從孤館深鎖

窗。桂花幾度圓還缺。鸚鵡向曉鳴森木。風過池塘
響叢玉。白日蕭條夢不成。橋南更問仙人卜。

嘲少年

青驄馬肥金鞍光。龍腦入縷羅衫香。美人挾坐飛
瓊觴。貧人喚云天上郎。別起高樓臨碧篠。絲曳紅
鱗出深沼。有時半醉百花前。背把金丸落飛鳥。自
說生來未爲客。一身美妾過三百。豈知斸地種田
家。官稅頻催沒人織。長金積玉誇豪毅。每揖閑人

多意氣。生來不讀一行書。只把黄金買身貴。少年安得長少年。海波尚變爲桑田。榮枯遞傳急如箭。天公豈肯於公偏。莫道韶華鎭長在。髮白面皺專相待。

高平縣東私路

侵侵槲葉香。花木滯寒雨。今夕山上秋。永謝無人處。石磎遠荒澁。棠實懸辛苦。古者定幽尋。呼君作私路。

乃長吉語

神仙曲

碧峯海面藏靈書。上帝揀作仙人居。清明笑語聞空虛。鬭乘巨浪騎鯨魚。春羅書字邀王母。共宴紅樓最深處。鶴羽衝風過海遲。不如却使青龍去。猶、疑王母不相許。垂霧娃鬟更轉語。

龍夜吟

鬈髮胡兒眼睛綠。高樓夜靜吹橫竹。一聲似向天上來。月下美人望鄉哭。直排七點星藏指。暗合清

甚有風判

古也好妝其深悲茂陵者

風調宮徵。蜀道秋深雲滿林。湘江半夜龍驚起。玉堂美人邊塞情。碧窻皓月愁中聽。寒碪能擣百尺練。粉淚凝珠滴紅線。胡兒莫作隴頭吟。隔窻暗結愁人心。

崑崙使者

崑崙使者無消息。茂陵煙樹生愁色。金盤玉露自淋漓。元氣茫茫收不得。麒麟背上石文裂。虬龍鱗下紅肢折。何處偏傷萬國心。中天夜久高明月。

歎唐姬飲酒歌

御服沾霜露。天衢長蓁棘。金隱秋塵姿。無人爲帶飾。玉堂歌聲寢。芳林煙樹隔。雲陽臺上歌。鬼哭復何益。仗劍明秋水。兇威屢脅逼。彊梟噬母心。犇厲索人魄。相看兩相泣。淚下如波激。寧用清酒爲。欲作黃泉客。一作隔不說玉山頹。且無飲中色。勉從天帝訴。天上寡沈厄。無處張繐帷。如何望松柏。妾身晝團團。君魂夜寂寂。蛾眉自覺長。頸粉誰憐白。矜持昭陽意不肯郎南陌。

聽穎師琴歌

別浦雲歸桂花渚。蜀國絃中雙鳳語。芙蓉葉落秋鸞離。越王夜起遊天姥。暗佩清臣敲水玉。渡海蛾眉牽白鹿。誰看挾劒赴長橋。誰看浸髮題春竹。竺僧前立當吾門。梵宮眞相眉稜尊。古琴大軫長八尺。嶧陽老樹非桐孫。涼館聞絃驚病客。藥囊暫別龍鬚席。請歌直請卿相歌。奉禮官卑復何益。

謠俗

上林胡蜨小試伴漢家君飛向南城去誤落石榴帬脈脈花滿樹翾翾燕遶雲出門不識路羞問陌頭人

李長吉外集卷終

ISBN 978-7-5010-6434-2

定價：90.00圓